KB151377

MAUD LEWIS

모드 루이스는 타고난 신체 장애와 어려운 환경을 그림을 통해 극복하고
언제나 주어진 삶 속에서 행복을 찾았던, 작지만 강인한 여성이다.
30여 년 동안 작은 오두막집 창가에서 그림을 그리며 생애 대부분을 보냈으며,
샐리 호킨스, 에단 호크가 열연한 영화 〈내 사랑〉을 통해 전 세계에 알려졌다.
이 책은 캐나다에서 가장 사랑 받는 국민화가 모드 루이스가 나고 자란
노바스코샤의 사계절을 담은 책으로, 모드 루이스가 쓴 편지와 인터뷰,
그녀를 기억하는 사람들의 추억이 담겨 있다.

글 랜스 울러버 Lance Woolaver

모드 루이스의 그림을 좋아하여 많은 작품을 수집했던 부친의 영향으로 어린 시절부터 모드의 집을
드나들고 그녀의 그림을 보며 자랐다. 모드 루이스의 생애와 작품에 대한 책을 여러 권 출간했으며,
모드와 에버릿 루이스의 삶을 다룬 희곡 <그림자 없는 세계World Without Shadows>의 각본을 썼다.
아내 마사와 함께 캐나다 핼리팩스에 거주하고 있다.

사진 밥 브룩스 Bob Brooks

캐나다 최고의 보도사진 작가 중 한 명으로 1965년 처음 모드 루이스를 만났으며, 그의 사진은
<타임Time>, <뉴스위크Newsweek>, <라이프Life> 등의 잡지에 실렸다. 야머스 카운티 뮤지엄과
노바스코샤 공공 기록물 보관소에 6만 5000점이 넘는 사진을 기부했다.

번역 박상현

미국에서 현대미술사를 공부했다. 한국과 미국을 오가며 미디어와 콘텐츠를 비롯해 다양한 주제의
글을 쓰고, 번역하고 있다. <나의 팬데믹 일기>를 썼고, <내 사랑 모드>, <영국에서 사흘
프랑스에서 나흘>, <아날로그의 반격>을 번역했다.

<일러두기>
2쪽에 등장하는 모드의 그림은 루시 커 부인 컬렉션에서, 3쪽은 로버트 & 베티 플린 컬렉션,
5쪽은 셜리 로버트슨 컬렉션, 6쪽은 개인 컬렉션, 43, 55, 129쪽은 밥 & 매리언 브룩스 컬렉션,
그 외의 그림들은 울러버 컬렉션에서 가져왔다.
26쪽과 29쪽의 작품 사진을 제외한 이 책의 모든 사진은 밥 브룩스가 찍었다.

모드의 계절

글 랜스 울러버

사진 밥 브룩스

그림 모드 루이스

번역 박상현

남해의봄날 ◆

모드가 자신의 오두막집 앞에서 포즈를 취하고 있다.

포토 에세이 | 모드와 함께 보낸 하루

밥 브룩스

1965년 2월, 토론토의 〈스타 위클리〉가 내게 예술가 모드 루이스에 대한 포토 스토리를 처음 부탁했을 때만 해도 나는 누구 얘기인지 알지 못했다. 하지만 딕비에 있는 모드의 집과 그녀의 밝고 천진난만한 소와 고양이 그림을 듣자마자 나는 누구를 말하는지 바로 이해했다. 나는 요란하게 장식된 창문과 현관문을 가진 인형의 집 같은 그 오두막 앞을 셀 수도 없이 많이 지나다녔고, "그림 팝니다"라는 팻말도 봤다. 그 집에 사는 사람들이 누구인지는 몰랐지만, 가로 3미터, 세로 3.7미터짜리 오두막은 눈에 확 띄는, 그 지역 풍경에서 빼놓을 수 없는 요소였다.

〈스타 위클리〉(주로 뉴스와 인물 이야기를 다루는 잡지)의 편집자들은 캐나다의 공영 방송사 CBC의 인기 프로그램인 〈텔레스코프〉에서 그 앞선 해 12월, 노바스코샤 딕비에 있는 마셜타운의 작은 오두막집에서 남편과 함께 살고 있는 작은 체구의 쾌활한 아티스트를 소개하는 에피소드를 봤고, 그 이야기를 잡지의 구독자들도 좋아할 거라고 생각했다. 당시만 해도 모드 루이스는 캐나다 미술계에서 사실상 무명의 존재였다. (모드 루이스를 포

함해) 민속예술은 그저 신기한 관심사 정도에 불과했다. 〈스타 위클리〉가 1965년 7월 10일에 모드의 이야기를 게재했을 때 역시 "예쁜 그림을 그리는 작은 할머니"라는 제목으로 기사가 실렸고, 모드의 그림은 "원시적인 그림"이라고 소개되었다. 하지만 그로부터 50여 년이 흐르는 동안 수많은 잡지와 텔레비전, 라디오 프로그램과 다큐멘터리 영화에서 모드 루이스를 소개했다. 책과 연극이 나왔고, 전국 순회전시도 열렸다. 이제 모드 루이스는 캐나다에서 가장 유명한 민속화가라고 할 수 있는 인물이 되었다.

〈스타 위클리〉에 실린 사진은 내가 어느 겨울날 낮부터 저녁까지 모드와 남편 에버릿과 함께 보내면서 찍은 것들이다. 촬영 약속을 잡기 위해 전화를 걸려고 했지만, 불가능했다. 나중에 알고 보니 전화는커녕 전기와 상하수도 시설도 없는 집에 살고 있었다. 그들의 집은 대로변에 바짝 붙어 있어서 마치 도로변 도랑에 지은 듯 보였다. 도착해서 문을 두드리니 마르고 키 큰 남자가 빠진 이가 드러나게 활짝 웃으며 나왔다. 나를 소개하고 왜 왔는지 설명하자, 그는 곰 발 같은 거대한 손을 내밀어 악수를 청하고는 조그마한

모드에게 저녁 식사를 차려 주는 에버릿

오두막집 안으로 나를 초대했다. 그가 모드의 남편 에버릿 루이스였다.

에버릿은 그 동네에서 생선을 팔며 밤에는 구빈 농장에서 경비원으로 일하던 사람으로, 집집마다 돌아다니면서 생선을 팔다가 모드를 만났다. 27년 전에 결혼한 뒤로 그들은 계속 그 집에서 살았다.

그 오두막은 사실상 방 한 칸짜리 집이었다. 부부의 침실 역할을 하는 다락방으로 올라가기 위해서는 엉성하기 짝이 없는 계단을 기어올라가야 했다. 담뱃갑에서 꺼낸 포일로 도배된 아래층 천장은 너무 낮아서 에버릿이 일어서면 고개를 숙이다시피 구부려야 했다.

그 집의 첫인상은 좁고 어두웠다. 눈이 어두운 집 안에 익숙해질 때쯤 나는 작은 텔레비전용 접이식 테이블 앞에 수그리고 앉아 작업하는, 마치 땅의 정령처럼 보이는 누군가가 말하는 쪽으로 고개를 돌렸다. 그렇게 처음 모드 루이스를 만났다. 작은 체구의 모드 주위에는 갖가지 색이 흩어져 있었다. 밝게 채색된 그림들과 페인트 깡통, 수북이 쌓인 신문지…. 그 모든 것이 밝은 색 튤립이 그려진 작은 창문으로 들어오는 빛에 반짝이고 있었다.

나는 재미있는 말로 첫 만남의 어색함을 깨려고 했지만, 모드에게서 돌아온 말은 "사진 찍을 만한 옷을 입고 있지도 않고, 너무 지저분한 상태예요"였다. 모드는 손으로 입을 가리고 웃었다. 내가 그 집에 머문 열두 시간 동안 모드는 자주 그렇게 웃었다. 눈은 빛났고, 장난기로 가득했다.

모드는 내가 가져간 장비에 큰 관심을 보였고, 내 장난스러운 행동에 재미있어 했다. 어찌나 재미있어 하는지 모드와 에버릿은 내가 거기에 있다는 사실을 개의치 않았고, 내가 마음껏 작업하게 내버려 두었다. 사진작가인 나는 가급적 피사체가 나의 존재를 잊도록 애쓴다. 그렇게 되면, 사람들은 나를 신경 쓰지 않고 평소처럼 자기 할 일을 한다. 모드 루이스의 경우는, 특히 그 장소가 무척이나 작았음에도 '루이스 부부의 평범한 하루'를 아주 가까운 거리에서 찍을 수 있었다.

내가 사진을 찍는 동안 에버릿은 작은 집 안을 어슬렁거리면서 조그마한 목소리로 모드와 알아듣지 못할 말을 주거니 받거니 했다. 모드는 그날 하루 종일 그림만 그렸고, 간혹

모드가 그림에 마지막 붓질을 하고 있다.

그림에다 나긋하게 말을 건네기도 했다. 나는 에버릿이 새끼를 보호하는 어미 새 같다고 느꼈다. 하지만 나의 주된 관심사는 모드와 모드의 그림이었다. 체구가 워낙 작은 모드는 작업대에 바짝 붙어 앉아 작업했기 때문에 얼굴이 잘 보이지 않았다. 그래서 나는 얼굴을 찍기 위해 모드 앞에 무릎을 꿇고 앉아야 했다. 게다가 집이 얼마나 작은지, 카메라 가방 하나는 현관 밖에 내놓아야 했다.

모드는 그림을 그리는 동안 행복해 보였고, 때때로 흥얼거리기도 했다. 하지만 몇 시간 동안 아무 말도 하지 않고 그림만 그렸다. 그녀는 캠벨 수프 깡통에 붓을 보관했고, 낡은 정어리 통조림 깡통에는 페인트를 담아 두었다. 나는 모드가 그림을 위쪽 하늘에서부터 차례로 그려 내려와 아래쪽 구석을 칠하면서 끝낸다는 사실을 발견했다. 류머티즘을 앓고 있는 손가락은 울퉁불퉁했고, 손가락이 붙어 있어 손이 마치 감자처럼 보였다. 붓은 검지와 중지 사이에 끼워서 작업했고, 붓으로 톡톡 찍듯이 색을 칠했다. 그렇게 해서 그림이 그려지는 게 놀라울 정도였다. 모드는 한 번도 불평하지 않았고, 손님이 있다는 사실이 즐거운 듯 보였다. 나중에는 내게 어떤 색을 사용하는 게 좋겠느냐고 물어보기까지 했다. 한번은 내가 고개를 들어 웃어 보라고 했더니, 밝은 눈으로 웃음을 터뜨리며 고개를 들었다.

그러는 사이 에버릿은 밖에서 땔감을 가져와 난로 옆에 쌓았고, 우리가 함께 나눠 마실 수 있도록 차를 끓이기도 했다. 모드는 그림을 그리고, 에버릿은 집 안을 어슬렁거리는 조용한 분위기는 이따금 집 앞 도로를 지나가는 차에서 튄 젖은 눈이 오두막 외벽에 후두둑 부딪히는 소리에 깨지곤 했다.

사람들이 그녀의 그림에만 관심 있는 게 아니고, 화가가 어떤 사람인지 보고 싶어 한다는 사실을 모드에게 설득시키기란 쉽지 않았다. 나는 그녀에게 그림 한 점을 집 밖으로 가지고 나가 달라고 했다. 그리고 밖에서 그림을 들고 서 있어 주면 좋겠다고 부탁했다. 에버릿은 모드가 밝은 빨간색 코트를 입도록 도와주었고, 그녀는 코트 색과 조화를 이루는 빨간색 모자를 썼다. 모드는 앞치마를 풀지 않은 채 코트 안에 그대로 하고 있었고,

집 안에서 신던 지퍼가 달린 슬리퍼를 신고 밖으로 나갔다. 모드가 들고 나가기로 한 그림은 방금 끝낸 겨울 눈썰매 그림이었다. 코트의 소매가 워낙 길어서 카메라 앞에서 그림을 들고 있는 동안 장갑 역할을 했다. 가로 35.5센티미터, 세로 30.5센티미터의 그림 뒤에 있는 모드는 무척 수줍어했지만, 내가 농담을 하며 분위기를 풀자 금세 협조해 주었다.

온기가 도는 작은 집 안으로 돌아온 모드는 들고 있던 눈썰매 그림과 T형 포드 자동차 그림을 에버릿에게 건네주었고, 에버릿은 그 그림들을 난로 위에 있는 따뜻한 오븐에 넣어 젖은 페인트를 말렸다. 에버릿의 도움을 받아 코트를 벗은 모드는 아무 말 없이 곧바로 다시 그림을 그리기 시작했다. 에버릿은 내게 토끼 덫을 확인하는 걸 도와주겠느냐며, 자신이 땔감 나무 패는 모습을 찍어도 좋다고 했다. 집 뒤에는 다소 어수선한 뜰이 있었다. 개 한 마리와 틀톱이 있었고, 창고로 쓰는 작은 건물이 몇 개 있었다. 에버릿이 놓은 덫에는 토끼 한 마리가 잡혀 있었다. 그는 곧 토끼의 털을 벗기기 시작했다.

저녁이 되자 어둠이 집을 감쌌다. 차들은 여전히 집에 눈을 뿌리며 지나갔다. 나는 루이스 부부에게 석유 램프 불빛 아래서 두 사람이 저녁 식사를 하는 장면을 사진에 담고 싶다고 했다. 그리고 작은 창문에 서린 김을 닦은 후, 두 사람이 배터리로 작동하는 라디오를 들으면서 방금 만든 토끼 스튜를 먹는 장면을 찍었다. 그 사진은 〈스타 위클리〉의 기사에 등장했는데, 두 사람은 그 사진이 마음에 들었던 듯하다. 여러 해가 지난 뒤 그들이 살던 오두막집을 복원하던 사람들은 그 사진이 캐비닛 문에 테이프로 붙어 있는 것을 발견했다.

1965년 7월, 〈스타 위클리〉에 기사가 났을 무렵 나는 내가 찍은 사진들에 '내가 그들과 함께 보낸 하루'라는 제목을 달아 루이스 부부에게 보냈다. 사진을 받은 모드는 직접 꽃 그림을 그려 넣은 감사 카드를 내게 보내 주었다. 그녀의 깊은 배려가 느껴지는 카드였다. 그 후로도 가끔씩 그 집을 방문했는데, 부부는 언제 찾아가도 나를 반갑게 맞아 주었다.

그때는 미처 생각하지 못했지만, 모드는 어촌과 오래된 작은 만, 꽃, 단풍, 일상 속의 사람들처럼 사진작가들이 흔히 찍고 싶어 하는 풍경을 그림으로 그렸던 것 같다. 그런 풍경은 밝을수록 좋다. 화가였던 모드는 자신이 원하는 장면만을 골라서 그릴 수 있는 이점이 있었다. 반면 사진작가는 디지털 기술을 사용해서 조작하지 않는 한 렌즈를 통해 보이는 것들만 찍을 수밖에 없다. 나는 노바스코샤를 돌아다니면서 어촌, 바다와 육지의 풍경, 농부들, 작고 하얀 교회당, 꽃밭을 찍어 왔다. 모드의 그림 속 바다와 육지의 세밀한 풍경들은 실제 모습을 있는 그대로 옮긴 것은 아니지만, 노바스코샤의 그녀가 살던 마을에 있었거나 혹은 지금도 존재하는 것들이다.

Dear Mr Brooks
Just A note to
thank you
for the snaps
glad you got
home safe and
sound, and thanks
for the nice book
hope your wife
and family are
well also to you
Sincerely
Mr & Mrs Lewis

들어가는 말 | 모드 루이스가 사랑한 노바스코샤의 풍경들

랜스 울러버

우리는 살면서 매년 기쁜 일과 슬픈 일을 겪는다. 하지만 큰 기쁨과 큰 슬픔을 한 해에 모두 경험하는 일은 흔하지 않다.

1997년 6월, 나는 노바스코샤의 야머스에 있었다. 모드 루이스의 어머니 아그네스 다울리가 묻힌 곳에 비석을 세우는 비용을 지불하기 위해서였다. 모드의 어머니는 그로부터 62년 전에 아무런 묘비도 없이 땅에 묻혔다. 당시에는 그걸 "마을의 돈으로 매장한다"라고 했다. 1997년 초, 모드 루이스의 오래된 크리스마스 카드들을 살펴보던 중에 나는 한 카드의 뒷면에서 'A. 다울리'라는 서명을 발견했다. 모드가 어머니에게서 그림을 배웠다고 전해지는 이야기가 사실임을 뒷받침하는 증거였다. 그 카드를 발견한 것은 내게 큰 기쁨이었다. 나는 모드가 어머니와 함께 크리스마스 카드에 그림 그리는 모습을 상상했다. 하지만 다른 한편으로는 모드의 어머니가 묘비도 없는 무덤에 묻혀 있다는 사실에 마음이 무거워졌다. 모드의 작품이 사람들의 엄청난 관심 속에서 되살아난 지금, 만약 모드가 살아 있었다면 무엇을 원할까 생각해 보았다. 그것은 어머니의 묘비를 세우는 일이었다.

아그네스 다울리가 묻힌 묘지에 처음 방문해서 관리소의 문을 두드렸다. 묘지 관리인이 나와서 보니 내 오랜 동창생이었다. 그는 내게 "모드의 오빠들도 여기에 묻혀 있다"고 했다. 모드에게 내가 모르는 오빠가 두 명 더 있다는 사실을 그때 처음 알았다. 빅터와 조지라는 두 오빠는 아기일 때 세상을 떠났고, 그곳 마을 묘지에 묻혔다. 우리는 관리소에 있는 기록에서 그 둘의 나이를 확인할 수 있었고, 나는 그들의 이름을 어머니의 묘비에 넣기로 했다.

묘비를 세우던 날은 잔뜩 흐렸고, 금방이라도 비가 쏟아질 듯했다. 나는 친구들과 내가 아는 다울리 집안의 친척들을 초대했다. 식은 밝은 분위기에서 시작되었다. 다행히 아직 비는 내리지 않았다. 그런데 사람들 앞에서 내가 말할 차례가 되자 갑자기 눈물을 주체할 수 없었다. 결국, 준비했던 것 중에서 간신히 몇 마디만 할 수 있었다. 나는 그때까지 이미 여러 해 동안 모드 루이스의 삶을 연구했다. 야머스에서 보낸 어린 시절부터 딕비 주변에서 보낸 결혼 생활까지 모드의 인생에 대해 조사하고 글을 썼다. 하지만 그날 나는 그녀가 세상에 남겨 놓은 선물에 비하면 아직도 해야 할 일이 많다는 사실을 깨달았다.

모드 루이스는 사후 30년 가까이 세월이 흐른 뒤 유명인이 되었다. 지금은 언론에서 '캐나다에서 가장 사랑받는 민속화가' 혹은 (잘못된 표현이지만) '캐나다의 모지스 할머니(미국인들에게 큰 사랑을 받았던 민속화가로, 모드 루이스처럼 시골 풍경을 주로 그렸다. 본명은 애나 메리 로버트슨 모지스이지만, '모지스 할머니'라는 애칭으로 불렸다_역주)'라고 일컫는다. 모드 루이스가 사후에 누리고 있는 명성은 생전의 일상과 극명하게 대조된다.

모드는 1903년에 노바스코샤의 남쪽 끝에 있는 항구 도시 야머스에서 태어났다. 그녀는 1930년대에 부모님이 돌아가시기 전까지 그곳에서 함께 살았는데, 집안 살림을 돕기 위해 어머니와 크리스마스 카드를 그려서 팔았다. 1937년, 모드는 이모와 함께 살기 위해 딕비로 왔다. 하지만 오래지 않아 생선 장수이자 집 근처 구빈 농장의 야간 경비원인 에

여덟 살의 모드와 아빠, 오빠 찰스(왼쪽)
모드와 어머니 아그네스 다울리(오른쪽)

버릿 루이스와 결혼했다. 그 후 모드는 딕비에서 몇 킬로미터 떨어지지 않은 마셜타운의 대로변에 있는, 가로 3미터, 세로 3.7미터인 집에서 죽을 때까지 남편과 함께 살았다. 모드는 1년 내내 (지금은 유명해진) 그림들을 그려서 지나가는 사람들에게 몇 푼의 돈을 받고 팔았다. 그녀가 소리 소문 없이 그렸던 밝고 쾌활한 작품들은 해가 갈수록 유명해졌고, 이제 우리는 그녀의 삶과 작품을 책과 영화와 연극을 통해 기리게 되었다.

아그네스 다울리와 아기일 때 세상을 떠난 그녀의 두 아들을 위한 묘비를 세운 뒤, 나는 집으로 돌아가기 위해 모드가 야머스에서 딕비로 갔던 길을 따라 운전했다. 지난 몇 해 동안 다닌 길이었다. 나는 비포장도로를 운전해서 모드가 남편의 가족들과 함께 묻힌 노스 레인지에 갔다. 모드의 무덤은 공동묘지의 북쪽 가장자리에 있었고, 묘비에는 그녀의 결혼 전 이름인 '모드 다울리'가 적혀 있었다. 에버릿이 왜 모드 루이스 대신 모드 다울리라고 적기로 했는지는 아무도 모른다. 그들의 혼인은 의심할 필요 없는 사실이었고, 모드는 편지에 자랑스럽게 '루이스 부인Mrs. Lewis'이라고 서명하곤 했다.

이 책에는 모드 루이스가 사랑했던 노바스코샤의 여러 마을과 시골길과 농장이 등장한다. 그 풍경들은 그녀가 자연을 얼마나 맑고 순수하게 바라보았는지, 시골에서의 삶을 얼마나 사랑했는지 보여 준다. 이 책에는 또한 모드와 오랫동안 가깝게 지냈던 사진작가 밥 브룩스의 사진들이 수록되어 있다. 그는 모드를 잘 알던 사람이기에 모드가 남긴 유산을 고스란히 기록할 수 있었다.

모드가 태어난 야머스와 모드가 살았던 딕비에는 그녀의 흔적이 거의 남아 있지 않다. 그녀의 작은 오두막집도 이제는 '유물'이 되어 원래 있던 자리를 떠났다. 모드가 그린 그림들 역시 북미 전역으로 흩어졌지만, 우리는 그 그림들 속에서 모드가 기억하던 모습 그대로의 노바스코샤를 발견한다.

목차

> **"** 풍경이나 나비 그림을 그리려는데
> 어떤 색을 먼저 칠했으면 하나요? **"**

Spring

through the eyes of Maud Lewis

한때 모드와 에버릿의 집이 서 있던 곳에서 몇 마일 더 가면, 두 사람과 친하게 지냈던 민속예술가 스티븐 아웃하우스의 스튜디오가 있다. 그가 에버릿의 모습을 조각한 작품은 에버릿이 1940년대에 심은 나무로 만들어졌다. 루이스 부부가 살았던 오두막집이 새로운 장소로 옮겨진 뒤 그 자리는 모드 루이스 기념관을 방문하는 사람들을 위한 주차장이 되었는데, 그 공사를 하기 위해 뽑은 나무를 아웃하우스가 가져다가 에버릿의 모습으로 조각한 것이다. 하지만 그가 가져간 것은 나무만이 아니었다. 아웃하우스는 모드가 생전에 좋아했던 집 뒤의 작은 꽃밭에서 죽지 않고 살아남은 수선화를 발견하고는 파내서 자신의 집에 옮겨 심었다. 지금도 봄이면 피어나는 그 수선화는 모드가 자신에게 영감을 주었던 세상에 남긴 유산이다.

모드의 집은 국도와 구빈 농장 사이의 낮은 지대에 있었다. 한쪽에는 깊지 않은 우물이 있었고, 집 뒤에는 에버릿이 근처에 흐르는 개울물을 끌어와 만든 작은 연못이 있었다. 봄이 되면 찾아오는 손님 중에는 수선화와 튤립, 크로커스 같은 꽃들만 있는 것이 아니었다. 봄철에는 홍수가 나서 찻길과 시내에서 물이 넘쳐 오두막집 안으로 스며들곤 했다. 결국 1950년대에 집을 찻길에서 더 벗어난 뒤쪽 다져진 기반 위로 옮겨 문제를 해결했다. 모드는 꽃을 더없이 사랑했고, 계절과 상관없이 그림 속에 꽃을 그려 넣었다. 더불어 그녀의 소와 고양이 그림도 유명하다. 그 두 소재를 활용해 그림을 그려 달라는 주문에 따라 제작한 그림만 200점이 넘는데, 특히 가문비나무 가지 아래 있는 한 쌍의 소와 봄꽃 밑의 검은 고양이들 그림이 인기를 끌었다. 모드는 말년에 그녀를 괴롭힌 관절염 때문에 작업 도중에 한두 시간 쉬어야 했지만, 그녀를 가만두면 하루 종일 자신이 가장 좋아하는 봄 소재인 수선화와 튤립을 그렸다. 모드는 또한 색을 사용하며 아무런 제약을 느끼지 않았다. 수선화를 반드시 노란색으로, 튤립을 반드시 붉은색으로 칠해야 한다고 생각하지 않았고, 손에 닿는 색이면 연보라색, 분홍색, 남색, 심지어 검은색도 가리지 않고 사용했다. 그래서 모드가 그린 꽃들에서는 독특한 자유로움이 느껴진다.

노바스코샤에서 가장 널리 볼 수 있는 야생화는 아이리스와 야생 난초다. 그리고 원추리와 캐나다 백합은 야생화에 가까운 꽃이기 때문에 모드의 집터에서 살아남은 수선화처럼 버려진 집들 주위에서 발견되곤 한다. 정말로 생명력이 강한 야생화는 파랑붓꽃과 노랑붓꽃으로, 이 지역의 강이나 개울, 늪지 주변에서 볼 수 있다. 야생 난초 중에서 제일 흔한 것은 섬세한 분홍색 꽃을 자랑하는 복주머니난이지만, 삼림 지대가 훼손되면서 점점 자리를 잃어 가고 있다. 모드가 좋아했던 꽃 가운데는 버려진 정원에서 가져온 은방울꽃도 있다. 나의 아버지 필립 울러버가 흰색 은방울꽃을 모드의 집 뒤뜰에 옮겨 심어 주었다.

모드의 그림은 겨울의 추위를 떨치고 봄날 만개하는 자연의 투지와 끈기에 대한 찬사다.

지난 2주간은 날씨가 꽤 좋았지만, 밤에는 조금 쌀쌀했어요. 봄맞이 정원 정리를 갓 마치고 보니, 해마다 씨앗을 심는 일이 점점 늦어지는 듯해요…. 오는 일요일은 사과꽃 축제일이라서, 날씨가 좋으면 차들이 많이 올 거예요. 지난 일요일에는 송어를 잡으러 갔는데, 오후 내내 있었는데도 두 마리밖에 잡지 못했어요. 이제 나뭇잎들이 전부 돋아나서 숲이 아주 아름다워요. 이럴 때는 일에 집중하기가 쉽지 않네요. 집에서 입을 옷을 사려고 이튼으로 우편 주문서를 보냈어요.

모드 루이스의 편지 / 노바스코샤, 마셜타운, 1947. 5. 30.

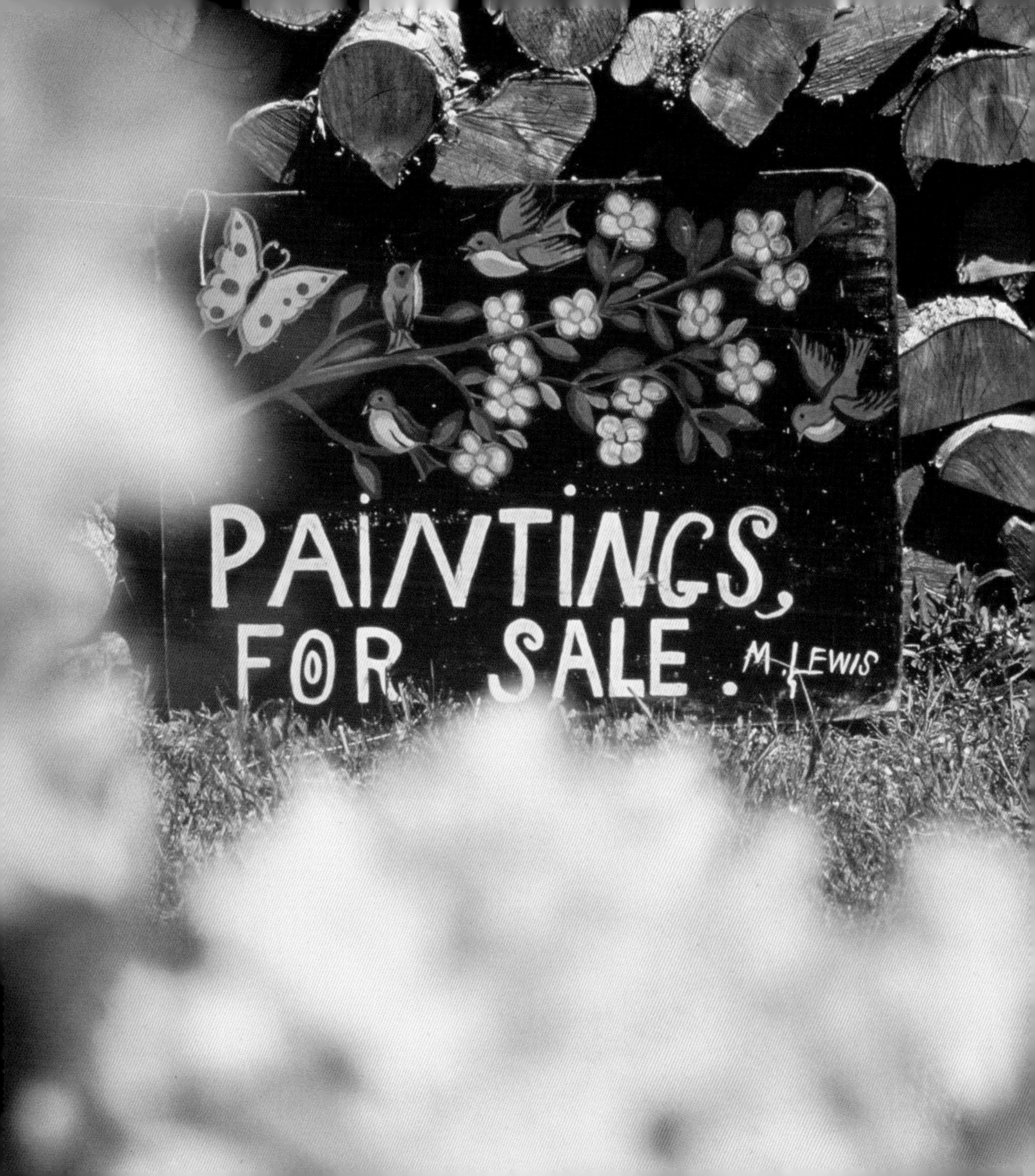
PAINTINGS,
FOR SALE.
M. LEWIS

여기는 며칠 동안 날씨가 좋았어요. 하지만 오늘은 다시 하늘이 흐려지고 비가 오려고
하네요. 봄이지만 날이 너무 추워서 올해는 정원을 가꾸기가 쉽지 않아요. 모두
느지막하게 자라나려나 봐요. 그래도 당근 같은 것들은 이제 막 싹을 틔웠어요⋯.
이곳에 새로운 소식은 별로 없어요. 풍경이나 나비 그림을 그리려는데, 어떤 색을 먼저
칠했으면 하나요? 검은색 배경으로 할까요, 아니면 다른 색이 나을까요? 눈 풍경은 검은색
배경이 밝은색 배경보다 보기 좋아요.

모드 루이스의 편지 / 노바스코샤, 마셜타운, 1945. 6. 19.

처음에는 알다시피 그림 하나 팔면 2달러, 3달러, 4달러 정도 받는 게 고작이었습니다.
그때만 해도 모드가 훗날 성공할 것으로 보이지는 않았지만, 지금은 많은 사람들이
모드의 그림을 찾고 있죠.

네이트 베인의 인터뷰 / 노바스코샤, 야머스, 1997

하루는 더그가 찾아갔는데, 모드가 작업대로 사용하는 텔레비전용 접이식 테이블 위에
편지가 있더랍니다. 편지에는 페인트가 살짝 묻어 있었고요. 더그가 무슨 편지냐고
물으니, 모드가 보라고 건네줬대요. 편지를 열어 본 더그는 "그래서 백악관에 그림을 보낼
거예요?" 하고 물었다죠. 그러자 에버릿이 "그 사람들이 돈을 보내면 그림을 보내 줄 거요"
라고 했고요. 에버릿에게는 백악관이라고 해서 특별히 중요하지는 않았던 거예요.

플로스 루이스의 인터뷰 / 노바스코샤, 딕비, 1997

사진 감사하다는 인사를 드리고 싶어 펜을 들었어요…. 집에 무사히 도착하셨다니
기쁩니다. 좋은 책, 고맙습니다. 선생님 댁도 두루 평안하시길 바랍니다.

모드 루이스가 밥 브룩스에게 보낸 편지 / 노바스코샤, 마셜타운, 1965

이 그림들은 모드의 초기 작품이고, 상당히 크기가 작은 것들입니다. 초기의 그림은 보다 상세하고 복잡한데, 모드가 훨씬 더 많은 시간을 들여서 그렇습니다. 이 그림은 약간 유머러스하지요. 내가 보기엔 말과 사람과 닭의 관계가 재미있습니다. 그리고 모드가 빨간색, 노란색, 초록색 잎으로 여름이나 가을을 표현하는 방식이 마음에 듭니다. 닭을 거대하게 그려 넣은 것도 좋고요.

앨런 디컨의 인터뷰 / 노바스코샤, 울프빌, 1997

1966년 여름, 우리 가족은 마셜타운 1번 국도 가까이에 있던 모드의 작은 집에 처음 방문했습니다. 에버릿은 우리에게 집으로 들어오라고 했어요. 페인트와 캔버스에 둘러싸인 채 창가에 앉아 있던 모드는 텔레비전용 접이식 테이블을 작업대 삼아 그림을 그리고 있었습니다. 나와 부모님은 그림을 여러 점 사려고 했지만, 모드는 한 사람이 한 점씩만 살 수 있다고 했습니다.

그녀는 그림을 사러 올 다른 손님들을 위해 그림을 남겨 두고 싶어 했어요. 모드는 자신의
의자 옆에서 그림을 꺼내 우리에게 하나씩 나눠 주었습니다. 그림에 모드의 서명이
없어서 그녀에게 사인을 부탁했습니다. 모드는 조금 주저하는 표정이었지만…
우리가 고집을 피우자 쑥스러운 표정으로 그림에 서명을 해 주었습니다.

캐럴 힐 부인의 편지 / 1994

우리 딕비 사람들 가운데 그나마 잘살던 사람들은 날이 밝자마자 밭에 나가서 해가 진
뒤에도 늦게까지 남아 일하며 먹고살던 농부들입니다. 그들은 T. 이튼 카탈로그로 옷을
주문해서 잘 차려입고 다녔어요.

필립 올러버의 인터뷰 / 노바스코샤, 베어 리버, 1997

» Spring

에버릿은 산마루에 있던 맥닐 씨의 농장에서 일했어요. 밭도 갈고, 나무도 패면서 맥닐 씨가 부탁하는 잡다한 일들을 했습니다. 그러다가 의사였던 디키 선생을 만났고, 그의 도움으로 구빈 농장에서 나올 수 있었어요.

프리 시블리의 인터뷰 / 노바스코샤, 딕비, 마셜타운, 1995

모드의 그림에는 언제나 꽃이 있었어요. 당연히 모드는 정원과 꽃을 아주 좋아했고요. 눈이 내린 풍경에도 꽃을 그려 넣어서, 여기저기에 튤립이 피어 있었어요. 내 생각에 모드는 행복한 사람이었어요. 그림 그릴 수 있는 페인트와 보드만 있으면, 더 바랄 것 없이 행복했죠.

플로스 루이스의 인터뷰 / 노바스코샤, 딕비, 1997

그때는 개 한 마리를 길렀는데, 꽤 똑똑한 개여서 아무도 집에 들어오지 못하게 막았어요.
그런데 모드가 왔을 때는 아무런 소리도 내지 않더라고요. 웃기지 않아요?

에버릿 루이스의 인터뷰 / 노바스코샤, 마셜타운, 1974

» Spring

" 말 한 쌍이 끄는 마차를 타고 바닷가로
온 가족이 소풍을 가곤 했답니다 "

Summer

through the eyes of Maud Lewis

도로변에서 물건을 파는 일이 드물진 않았다. 루이스 부부의 이웃 아메로 가족은 딸기 철이 되면 딸기를 팔았고, 멀지 않은 플림턴에 사는 버트 포터는 직접 만든 퀼트 제품을 팔았다. 에버릿은 모드가 아예 길가에서 작업할 수 있도록 바깥에 자리를 마련해 주었다. 모드가 작업하는 모습이 곧 광고였기 때문이다. 하지만 날이 더워지면서 모기와 파리가 많아지자 모드는 다시 집 안에서 작업하는 쪽을 택했다. 지나가던 사람들은 모드의 팻말을 보고 차를 세웠고, 집 안에서 루이스 부부와 이야기를 나눈 뒤에 그림을 구매했다. 보통 손님 한 명에게 그림 한 점을 팔았는데, 붐비는 여름철에는 더욱 그랬다.

모드는 자기 옆에 그림들을 겹쳐 놓았고, 서로 붙지 않게 성냥을 사이사이 끼워 두었다. 그 바람에 마르지 않은 그림에 작은 성냥 자국이 남곤 했는데, 지금도 모드의 여러 진품에서 그런 자국을 볼 수 있다. 미국의 메인주나 캐나다의 뉴브런즈윅에서 온 관광객들, 온타리오에서 온 에어스트림 트레일러(미국의 대표적인 여행용 트레일러 브랜드_역주), 그리고 뉴욕에서 온 유명한 톡 투어(투어 가이드가 딸린 버스로 장거리 여행을 제공하는 미국의 관광 회사_역주) 버스 등 다양한 사람들이 모드의 집 앞을 지나갔다.

진정한 예술가의 작품은 사람들로 하여금 세상을 끊임없이 그 예술가의 눈으로 보게 만드는 힘을 지니고 있다. 많은 이들이 모드의 노바스코샤 그림 한 점씩을 가지고 집으로 돌아갔다. 아마도 그들은 자신이 찍은 사진과 기억 속의 풍경들을 모드의 눈으로 바라보며 틀림없이 큰 기쁨을 느꼈을 것이다.

모드의 여름 그림은 겨울 그림보다 더 한가롭다. 배들은 닻을 내린 채 떠 있거나 돛에 바람을 안고 천천히 이동하며, 갈매기는 한 발로 서서 쉬고 있다. 소몰이꾼은 소를 몰고 집으로 돌아간다. 마치 아름다운 선율을 만드는 작곡가처럼 모드는 자신만의 독특한 방식으로 색채를 사용했다. 여름은 모드가 그녀의 팔레트에 있는 모든 색채를 마음껏 사용할 수 있는 계절이었다. 하늘과 바다는 푸르렀고, 들판과 숲은 짙은 초록으로 물들었다. 여름에는 많은 친구들이 모드를 찾아왔다. 그들 역시 모드의 그림을 사고 싶어 했고, 이런저런 이야기를 나누며 집에 머물다 갔다. 말년의 모드는 같은 마을에서는 물론이고, 멀리에서 주문받은 작품까지 완성하느라 바빴다. 모드는 페인트 냄새로 가득한 집 안을 환기하기 위해 문을 열어 놓고 앉아서 에버릿이 잘라 준 보드에 열심히 그림을 그렸다. 그러나 그런 여름날의 바깥 풍경도 모드의 상상 속 여름처럼 밝게 빛나지는 않았다.

때때로 아버지는 가족 나들이를 위해 말과 마차를 빌렸어요. 말 한 쌍이 끄는 마차를 타고
바닷가로 온 가족이 소풍을 가곤 했답니다. 지금은 모두 세상을 떠나고 없지만요.

모드 루이스의 인터뷰 / CBC <텔레스코프>, 1965

맞아요, 모드는 딕비에서 아이다 이모와 함께 살았죠. 아이다는 아주 독실한 기독교
신자였고, 가족인 모드를 도와주려고 했어요. 모드는 혼자 사는 에버릿 루이스에 대해
듣고 기찻길을 따라 그를 찾아가기 전까지, 이모와 살았습니다. 모드는 자신만의 집을
원했어요. 그래서 기찻길을 따라 걸어서 에버릿의 집 문을 두드렸죠. 저희 할아버지께서
그 이야기를 많이 했어요. 한번은 모드가 병원에 있다는 소식을 듣고 찾아간 적이 있어요.
겨울이었는데, 가 보고 마음이 많이 아팠습니다. 모드는 양가죽 위에 누워 있었어요.

바실 아웃하우스 부인의 인터뷰 / 노바스코샤, 딕비, 1995

모드는 한때 야머스 항구가 보이는 호손 거리에 살았습니다. 그 동네에서 일어나는
일들은 대개 바다와 관련된 것들이었어요. 보스턴에서 야머스 항구로 들어오는 배들은
오래 전에 만들어진 것으로, 가로형 돛을 단 낡은 범선들이었습니다. 모드가 어린 시절에
그곳에서 봤던 부둣가, 짐을 끄는 말과 소, 기차, 돛단배와 고기잡이배 같은 것들은 그녀의
마음속에 깊은 인상을 남겼고, 훗날 그림을 그리기 시작했을 때 가장 먼저 그것들을
떠올리게 했습니다. 나는 모드의 그림에 소와 말, 배와 갈매기가 그렇게 많이 등장하는
이유가 그 때문이라고 생각합니다.

네이트 베인의 인터뷰 / 노바스코샤, 야머스, 1997

에버릿은 좀 특이했어요. 생선을 팔러 오곤 했는데, 그를 잘 아는 키스 씨가 겨울 땔감으로 제재소에서 남은 나무조각들을 줬어요. 그런데 사람이 좀 이상해서, 한번은 내 친구 집에 갔을 때 반소매를 입고 있는 친구의 팔에 자기 손을 얹으면서 "팔이 참 아름답네요!"라고 황당한 소리를 하기도 했어요. 그래도 키스 씨는 제재소를 운영하는 동안에는 언제나 에버릿에게 나무조각을 줬어요. 그가 주는 나무조각은 오래된 난로에 쏙 들어가는 크기였고요. 당시만 해도 겨울 땔감은 아주 중요했어요.

버트 포터의 인터뷰 / 노바스코샤, 플림턴, 1996

에버릿 루이스는 딕비 최고의 생선 장수였어요. 바다로 생계를 꾸렸습니다. 조개도 팔고,
빙어 철에는 빙어도 팔았죠. 해덕(대구와 비슷한 생선_역주)은 많지 않았지만 고등어는
많았는데, 그도 그럴 것이 고등어는 한번 오면 거대한 떼로 몰려오거든요. 에버릿은 T형
포드를 탔는데, 오래된 차였지만 계속 수리해서 탔습니다.

필립 울러버의 인터뷰 / 노바스코샤, 베어 리버, 1995

» Summer

폴 윌슨이 말하길, 에버릿의 T형 포드는 그 일대에서 가장 상태가 좋았답니다. 폴은 거의 매일 차에 생선을 실어다니며 팔던 에버릿의 포드에서 생선 비린내가 전혀 안 난다는 사실에 놀랐다고 합니다. 그는 에버릿이 차를 매일 청소했을 거라고 확신했습니다. 에버릿이 보지 않을 때 몰래 차의 냄새를 여러 차례 맡아 봤지만, 한 번도 비린내를 맡을 수 없었다고 했어요. 에버릿은 원래 그런 것들에 아주 까다로웠고, 그래서 사람들과 지내기 힘들었을지도 모릅니다.

필립 울러버의 편지 / 노바스코샤, 베어 리버, 1997

모드는 평생을 노바스코샤의 남쪽 끝, 딕비와 야머스 사이의 작은 농장과 어촌, 벌목 캠프가 있는 반경 100킬로미터 이내의 지역에서 살았다. 딱 한 번 핼리팩스에 갔던 것이 모드가 가장 멀리 가 본 여행이다. 하지만 에버릿이 오래된 T형 포드를 사서 일주일에 3일 생선을 팔러 가는 길에 모드를 태우고 돌아다니면서부터, 농장과 고기잡이배들을 바라보는 모드의 시선은 행복의 마술에 걸렸다.

머리 바너드 / <스타 위클리>, 1965. 7. 10.

나는 모드를 차로 집에 데려다주지 않았어요. 기찻길 굴다리까지만 같이 걸어가 주었습니다. 날이 어두웠거든요. 나머지는 혼자 가라고 했어요. 다음 날 운전하다가 모드를 봤지만 태우지 않았어요. 그래도 며칠 뒤에 다시 찾아왔을 때는 차로 집에 데려다주었어요. 그리고 나서 우리는 결혼했고, 모드가 이 집에 살러 왔습니다.

에버릿 루이스의 인터뷰 / 노바스코샤, 마셜타운, 1975

» Summer

모드는 에버릿이 운전하는 T형 포드를 타고 이곳저곳을 돌아다니며 몇 번의 여름을
보냈습니다. 부둣가로 내려가 어부들에게 고등어 같은 해산물을 받아다가 동네로
되돌아와서 팔았지요. 하지만 함께 돌아다니는 일은 오래가지 않았습니다. 내 기억이
맞다면, 에버릿은 T형 포드를 베니 헤이트에게 팔았고, 그 후로는 그가 자전거를 타고
다니는 모습을 쉽게 볼 수 있었습니다. 에버릿은 자기 자전거를 '내 바퀴'라고 불렀습니다.
그리고 모드는 집에 머물며, 20년 혹은 30년 동안 자신의 기억을 바탕으로 그림을
그렸습니다.

필립 울러버의 인터뷰 / 노바스코샤, 베어 리버, 1994

» Summer

모드 루이스 부인은 크고 반짝이는 푸른 눈을 가진 작은 여성이었다. 그 눈으로 한 번에 모든 것을 보는 듯했으며, 신체 장애에도 불구하고 열여덟 살 때부터 꾸준히 그림을 그렸다. 그녀는 동물을 사랑했고, 사람들을 사랑했으며, 인생을 사랑한 사람이었다. 그리고 음식과 연료를 사는 용도 외에는 돈에 철저하게 무관심했다.

도리스 매코이 / <애틀랜틱 애드버킷>, 1967. 1.

1969년의 봄에도 나는 모드를 찾아갔어요. 나무조각을 사이사이에 끼워 둔 열 점 정도의
그림이 쌓여 있었습니다. 모드는 그림을 그렇게 건조했기 때문에, 지금도 모드의 그림을
자세히 보면 그림 사이에 끼워져 있던 나무조각이 채 마르지 않은 페인트에 남긴 흔적을
볼 수 있습니다. 모드는 내게 원하는 그림은 어느 것이나 가져가도 좋다고 했어요.
그래서 내가 흰 말과 대장장이가 있는 그림이 좋다고 하자, 그녀는 미안하지만 그 그림은
의사에게 팔린 거라고 했고, 나는 결국 다른 그림을 골랐습니다.

앨런 디컨의 인터뷰 / 노바스코샤, 울프빌, 1997

모드 루이스는 크리스마스 카드를 만들면서 그림을 그리기 시작했다. 그녀는 그림
그리기를 너무나 좋아해서 어떤 것에든, 마분지 상자와 계단, 거울, 창문, 부엌의 난로,
블라인드, 문을 비롯한 수많은 물건에 가리지 않고 그림을 그렸다. 지나가는 사람들은
꽃과 새, 나비 그림으로 장식된 오두막집을 볼 수 있었다.

<딕비 쿠리어>, 1979. 3. 8.

모드는 집 밖으로 잘 나오지 않았어요. 잠깐 걸으러 나왔을 수는 있지만, 몸이 성치 않아서 쉽지 않았고, 손은 굽어 있었죠. 모드가 할 수 있는 건 그림 그리는 일이었어요. 그래서 집 안 한구석에 앉아 그림만 그렸죠. 크리스마스 카드를 그려서 5센트에 팔았을 만큼 절박했습니다.

아서 설리번의 인터뷰 / 노바스코샤, 딕비, 1995

딕비의 풍경은 다양하며 그림처럼 아름답다. 산과 계곡, 호수와 강이 어우러진 다채로운 자연은 여행자와 관광객에게 그 어느 곳에서도 만날 수 없었던 풍광을 선사한다.

* * *

아름답고 고요하게 아나폴리스 유역을 흐르던 강물은 하구에서 베어강 어귀의 강물과 만나, 원주민들이 '작은 구멍'이라는 의미로 "티위든"이라고 부르던 세인트 조지 해협으로 흘러간다. 그 해협을 지금은 아나폴리스와 딕비 해협이라고 부른다.

아이제이아 윌슨 / <딕비 카운티의 역사>, 1893

» Summer

생선을 담아 둔 나무통들이 부둣가에 놓여 있는 그림이 내가 구매한 모드의 첫 번째
작품이었어요. 그 그림에는 어촌 사람들의 삶이 스며 있었지요. 우리가 처음 방문했을 때
모드의 낡은 오두막집은 도로에 바짝 붙어 있었지만, 마지막으로 방문했을 때는 그 집이
1번 국도에서 뒤쪽으로 물러나 있었고, 모드는 자신의 트레일러에서 일하고 있었어요.
모드는 평소처럼 앞치마를 하고 한구석에 앉아서, 늘 그렇듯 이야기를 하며 밝게
웃었어요. 그녀가 굽은 손으로 그림을 그리는 모습에 우리는 마음이 아팠습니다.

메릴린 A. 마게슨의 편지 / 1994

» Summer

루이스 부인은 그림에 대한 아이디어는 자신이 직접 떠올린다고 했다. 그녀는 '모드 다울리'로 야머스에서 살던 소녀 시절에 한두 번 그림을 배운 게 전부인데, 그때 배운 것들이 그녀가 10대 후반 이후로 그림에 관심을 갖는 계기가 되었다. 그녀는 많은 작품을 만들어 내고 있다. 너무 많아서 몇 점이나 그렸는지 세어 볼 엄두조차 나지 않는다고 한다.

버트 웨트모어 / <핼리팩스 헤럴드>, 1950. 11. 23.

내가 마침내 집 안에 들어섰을 때 루이스 부인은 부엌의 식탁에서 수줍게 나를 맞아
주었어요. 몸이 불편해서 머리는 아래를 향하고 있었지만, 그녀는 파랗고 아름다운
눈으로 나를 꿰뚫어 보듯 바라봤습니다. 그녀는 내 질문에 거의 마지못해 대답했고,
그다지 개의치 않아 했습니다. 나는 그림 세 점 중 하나를 골랐습니다. 그녀는 그림값이
7달러라고 했어요. 그녀의 얼굴은 사람을 전적으로 믿는, 때 묻지 않은 어린아이의
얼굴이었습니다. 그녀도 내가 어떤 사람인지 살피는 표정이었어요. 어쩌면 그 결과로
내가 그녀의 그림에 말이나 행복한 강아지로 등장했을지도 모릅니다.

도리스 매코이의 편지 / 온타리오, 사니아, 1996

그녀의 그림들이 여전히 세상에 남아 있고, 사람들이 그 그림들을 아끼고 좋아한다는
사실을 알면, 모드는 분명 행복해할 거예요.

플로스 루이스의 인터뷰 / 노바스코샤, 딕비, 1997

» Summer

월리스 부인, 수요를 감당하지 못하겠어요. 그림을 주문하는 편지들을 반송해야겠습니다.

모드 루이스 / <딕비 쿠리어>에서 인용, 1969

“ 그런 건 중요하지 않아요.

여러 가지 색이 있으면 더 예쁘니까 ”

Autumn

through the eyes of Maud Lewis

베어 리버 마을은 딕비와 아나폴리스, 두 지역의 특징을 모두 가지고 있다. 마을 이름이 암시하듯 강이 마을을 통과한다. 베어강은 감조하천으로, 밀물 때 바닷물이 역류해서 들어오면 물빛이 녹색이 되었다가, 썰물이 되어 나갈 때는 푸른색으로 변하는 강이다. 강의 동쪽에 사는 사람들은 세금은 물론이고 아이들도 북미에서 가장 오래된 도시 아나폴리스 로얄로 보내고, 강의 서쪽에 사는 사람들은 세계 최초로 배를 타고 세계를 일주한 조슈아 슬로컴의 고향 딕비로 아이들과 세금을 보낸다.

에버릿은 생선을 배달하기 위해 모드와 함께 베어 리버 주변의 언덕들을 돌아다녔다. 모드는 그때 본 풍경을 그림으로 많이 그렸는데, 특히 '니핀의 골짜기 위에서 Above Kniffin's Hollow'가 그런 그림이다. 모드는 아나폴리스 쪽에서 강과 자신의 고객이었던 울러버 판

사의 농장을 내려다본 풍경을 그렸다. 아직도 그곳은 모드가 1954년에 그렸던 모습을 고스란히 간직하고 있다. 심지어 앞쪽에 보이는 자작나무도 키만 자랐을 뿐, 그 자리에 그대로 서 있다. 지금도 10월 말이면 자작나무의 껍질은 모드가 보고 기억한 것과 똑같이 흰색과 검은색으로 얼룩지고, 잎에는 샛노란 단풍이 든다. 사람들은 니핀 집안은 더 이상 그 골짜기에 살지 않지만, 그들의 영혼은 베어강으로 흘러드는 시냇물 속을 떠돈다고 말한다.

모드가 방문객들을 위해 그린 그림 중 상당수는 가게에서 파는 그림엽서를 참고한 것이지만, 그림 속 장면들은 실제로 존재하는 풍경이다. 모드가 그린 증기 기관차는 야머스에서 자란 그녀의 어린 시절을 떠올리게 한다. 모드의 어린 시절을 기억하는 이웃 사람들에 따르면, 그녀는 열차 시간에 맞춰 호손 거리의 집 앞으로 나와서 100미터쯤 떨어진 언덕 아래에 도착하는 열차를 향해 손을 흔들곤 했다. 그 당시 열차를 운전하던 딕비 출신의 오트 스타크는 그런 모드를 보면 경적을 울렸고, 보조 차장은 찻간에서 나와 모드를 향해 똑같이 손을 흔들어 주었다.

색채 사용에 재능이 있는 모드에게는 그녀를 둘러싼 나무들이 초록색에서 빨간색, 노란색, 주황색, 갈색으로 변화하는 가을만큼 완벽한 계절도 없었다.

야외 풍경을 그릴 때 모드는 자신이 원하는 방식대로 자연을 그렸어요. 내가 가지고 있는
겨울 풍경화에는 초록색 잎사귀의 나무와 주황색, 노란색 단풍으로 물든 나무를 함께
그려 넣었지요. 그래서 모드에게 그건 불가능한 일이라고 말했어요. 한겨울에는 그런
색들을 찾아볼 수 없다고요. 그러자 모드는 눈이 일찍 내리면 그런 장면을 볼 수 있다고
하더라고요. 그러고 보니 그 말이 맞는 것도 같았죠. 이어서 모드는 이렇게 덧붙였어요.
"하지만 그런 건 중요하지 않아요. 여러 가지 색이 있으면 더 예쁘니까."

코라 그린어웨이의 인터뷰 / 노바스코샤, 다트머스, 1997

모드는 윌프 카터나 지미 로저스가 부르는 기차 여행에 관한 노래를 좋아했어요.
나는 모드에게 작은 트랜지스터 라디오를 사 주었는데, 당시 돈으로 세금 없이
3달러 99센트였습니다. WWVA 방송국의 송출력이 워낙 강력해서 여기서도 아무런 문제
없이 들을 수 있었어요. 지금도 당시 아나운서가 했던 말이 귀에 생생합니다.
"여기는 더브야(더블유의 남부식 발음_역주), 더브야, 비, 에이, 웨스트버지니아의
휠링입니다. 오늘 오후, 좋은 곡들로 여러분과 함께하겠습니다." 그리고 이어서

기타 선율과 함께 아름다운 발라드가 흘러나왔습니다. "이리 와서 골치 아프고 한숨 나오는 나의 이야기를 좀 들어 보시게. 나는 달빛과 하늘을 그리워하는 외로운 죄수라네."(지미 로저스의 노래 'Moonlight and Skies'의 일부_역주) 모드는 그런 노래들을 다시는 들을 수 없을 것처럼 좋아했습니다.

필립 울러버의 인터뷰 / 노바스코샤, 베어 리버, 1996

» Autumn

사람들은 민속예술을 어떻게 창작하는지 이해하지 못하는데, 그것은 기본적으로 마음과 정신에서 우러나와야 합니다. 물론 손도 중요합니다. 결국 손이 만드는 거니까요. 게다가 사람들은 민속화의 소박함을 보지 못하는 것 같아요. 건물이 비뚤어져 있고 균형도 맞지 않는 건 아티스트의 눈에 그렇게 보이기 때문입니다. 하지만 사람들은 모든 것이 견고한 동시에 뭔가를 의미한다고 여기는 데 익숙합니다. 그러나 민속예술은 소박함 그 자체입니다. 민속예술품을 소장하는 사람들은 그 소박함에 매료된 것이고요.

스티븐 아웃하우스의 인터뷰 / 노바스코샤, 딕비, 1997

모드의 그림에는 엄청난 기쁨이 담겨 있다고 생각해요. 그녀의 그림은 밝고 색감이
풍부할 뿐 아니라 항상 생기를 주죠. 그려진 지 50년이 되어 가는 그림들도 있는데,
여전히 방금 그려 낸 것처럼 보여요.

앨런 디컨의 인터뷰 / 노바스코샤, 울프빌, 1997

» Autumn

"에버릿, 어제 그린 소 그림 어딨지?"

"어제 딕비에서 온 그 의사 친구가 가져간 거, 생각 안 나? 당신이 줬잖아."

"흠, 나는 말 그림이 참 좋아. 아니면, 여기 이 숲속에 사슴 있는 그림은 어때?"

모드와 에버릿 루이스 / CBC <텔레스코프>, 1965

모드 루이스는 우리가 꿈꾸는 것들을 그렸다. 가장 친근한 소재는 크고 깊은 눈과 긴
눈썹을 가진 커다란 소와 여러 야외 풍경들이다. 그녀는 케이프 섬의 배들, 말과 썰매,
마차, 개, 고양이, 메이플 시럽을 채취하는 모습, 꽃밭에서 소들이 풀을 뜯고 있는 완만한
언덕 같은 풍경을 그렸다. 모드는 머리를 드는 일이 많지 않았지만, 모드를 아는 사람들은
그녀가 머리를 들 때면 푸른색과 회색이 감도는 투명한 눈동자가 그녀의 얼굴을 촛불처럼
환하게 밝혔다고 말했다.

그레첸 피어스 / <메일 스타>, 1974. 7. 5.

> " 내 앞에 붓만 있으면
> 더 바랄 게 없답니다 "

Winter

through the eyes of Maud Lewis

모드가 살던 때만 해도 겨울은 일하는 계절이었다. 추수가 끝나자마자 남자들은 벌목과 랍스터잡이를 시작했다. 둘 다 현금을 손에 쥘 수 있는 노동이었기 때문이다. 그에 비하면 봄과 여름에 하는 노동은 현금으로 보상받을 수 있는 일이 아니었다. 식료품비를 절약하기 위해 정원에 채소를 심었고, 비료를 사지 않고 해조류를 바닷가에서 건져다가 밭에 뿌리는 식이었다. 그에 비하면 겨울에는 진짜로 돈을 벌 수 있었다.

1930년대에는 시골길의 상태가 좋지 않았다. 노바스코샤의 비포장도로는 봄에는 끔찍한 진흙탕이 되었고, 여름에는 몹시 울퉁불퉁하고 먼지 많은 길로 변했다. 그러다가 가을 무렵 평평해져서 겨울에는 매끈하고 부드러운 길이 되었다. 겨울 길은 통나무를 나르기에도 좋았고, 오가기에도 한결 수월했다. 에버릿 루이스가 겨울에 숲으로 들어갈 때쯤이면,

땔감으로 사용할 나무와 목재는 길이 단단하게 얼어붙는 날을 기다리고 있었다. 그날 에 버릿은 겨울에 사용할 나무를 집으로 가져왔다. 물론 에버릿이 자주 그랬듯 이웃들이 땔 감을 대신 가져다주는 일도 흔했다. 겨울은 종이 공장이 겨울 일손을 구하는 시기이기도 했기 때문에 남자들은 농장과 랍스터잡이 배를 뒤로하고 숲속 캠프로 떠났다.

모드는 소몰이꾼보다 소를 그리면서 더 좋아했다. 소를 그릴 때는 작은 것까지 세밀하 게 표현했다. 장식이 들어간 금속 멍에에는 빨간색과 황금색의 하트를 그려 넣었는데, 그녀는 똑같이 생긴 하트를 자신의 집 현관문에도 그렸다.

크리스마스 기간에는 사람들이 겨울 일을 잠시 내려놓았고, 모드의 그림에는 이웃들이 말이 끄는 썰매를 타고 서로를 방문하는 모습이 재등장했다. 모드는 크리스마스를 기념

하는 카드를 그렸고, 때로는 인쇄된 카드를 똑같이 따라 그리기도 했다. 야머스에 살았던 어린 시절에도 그녀는 어머니와 함께 카드에 그림을 그렸는데, 그중에는 집집마다 돌면서 크리스마스 캐럴을 부르거나 스케이트를 타는 풍경처럼 한꺼번에 여러 명이 등장하는 그림들도 있다.

모드가 그린 최고의 작품 중 하나는 베어 리버 이스트 마을의 전경으로, 집 한 채가 등장하는 겨울밤 풍경이다. 색채와 화풍이 특이하지만, 장소는 실제 모습 그대로다. 다만 하나의 예외가 있는데, 모드는 실제로 존재하지 않는 다리를 그려 넣었다. 눈보라가 휘몰아친 뒤의 정적을 묘사한 듯한 그 장면은 모드에게는 익숙한 모습이었을 것이다.

모드가 그린 겨울 풍경은 선명하고 생생했다. 가령 한 쌍의 소가 목재를 끌거나 사슴이 놀라 뛰는 모습이 그랬다.

도리스 매코이 / <애틀랜틱 애드버킷>, 1967. 1.

모드는 걸어 돌아다니면서 워터 거리에서 배와 기차 같은 걸 봤을 거예요. 양모 공장이
돌아가는 것도 구경했을 거고, 랍스터 공장 두 곳도 봤겠죠. 만약 겨울에 집을 나섰다면,
모드는 눈 치우는 마차가 지나갈 때까지 기다려야 했을 거예요.

네이트 베인의 인터뷰 / 노바스코샤, 야머스, 1997

그런 그림들을 글로 설명하는 것은 정말 무모한 일입니다. 천재적인 재능을 지닌
사람들이 그렇듯 모드의 그림은 예측할 수 없이 뻗어 나가는 번개 같기 때문입니다.

필립 올러버의 인터뷰 / 노바스코샤, 베어 리버, 1997

FISH FOR
SALE

MAUd. LEWIS

모드를 볼 때 가장 눈에 띄는 것은 그녀의 눈이었다. 작은 체구에, 류머티즘으로 몸이 불편한 모드는, 버드나무 가지처럼 가는 팔로 팔짱을 낀 채 의자에 앉아 있었다. 그리고 회갈색 머리카락과 넓은 이마 아래 그녀의 얼굴은 마치 여학생처럼 수줍게 미소 짓고 있었다.

머리 바너드 / <스타 위클리>, 1965. 7. 10.

» Winter

모드는 자신의 삶을 복잡하게 만들지 않으려고 애썼습니다. 딕비라는 시골 마을에
사는 모드가 자신을 둘러싼 세상을 바라보는 방법이 그랬었죠. 너무나 힘든 인생을
살았기 때문에, 그녀는 가능한 한 자신의 주변을 단순하고, 조용하고, 평화롭고, 밝게
만들었습니다.

스티븐 아웃하우스의 인터뷰 / 노바스코샤, 브라이턴, 1997

» Winter

다른 사람들과 달랐어요. 친구들과 밤새워 놀 수도 없잖아요.

모드는 예전처럼 돌아다닐 수 없어요. 그래도 요리는 할 수 있죠. 할 수 있는 것들을 하면

그녀는 곧잘 해요. 나는 큰 것을 바라지 않아요.

에버릿 루이스 / CBC <텔레스코프>, 1965

모드는 겨우내 그림을 그렸어요. 그림을 그리는 게 전부였죠. 물론 요리도 했어요. 다른 일을 하면서 그림도 그리느라 내내 바빴어요! 그 바람에 그림에 쓰는 보드를 자르느라 나도 쉴 틈이 없었고요.

에버릿 루이스의 인터뷰 / 노바스코샤, 마셜타운, 1972

공간이 조금만 더 넓었으면 해요. 트레일러 같은 게 있으면 좋겠지만, 그런 걸 살 수는 없지요! 나는 지금 가진 것으로도 만족합니다. 어차피 멀리 돌아다니는 걸 좋아하는 성격도 아니고요. 내 앞에 붓만 있으면 더 바랄 게 없답니다.

모드 루이스 / CBC <텔레스코프>, 1965

» Winter

가족과 함께 미국으로 한두 주일 정도 여행 가는 길에 모드의 집에 들렀습니다.
우리는 모드가 집 아래층의 벽이나 나무로 된 표면에 그려 넣은 꽃 그림들이 참 마음에
들었습니다. 그래서 혹시 우리에게도 그림을 하나 그려 줄 수 있는지 물었어요. 이미
주문이 밀려 있던 터라 망설였지만, 모드는 결국 승낙했습니다.
모드의 남편은 우리에게 정원을 보여 주었는데, 지금도 기억나는 건 그곳에 있던
우물입니다. 큰 물고기 한 마리가 헤엄치고 있었어요. 그는 물고기를 넣어 두면 물이
깨끗하게 유지된다고 했습니다.

로이 E. 조지의 편지 / 1996

남편과 나는 그다음 해 여름에도 모드의 집에 들러서 그림 한 점을 샀어요. 아버지께 크리스마스 선물로 드리려고요. 하지만 그때도 한 점밖에 줄 수 없다고 하더군요. 다른 손님들을 위해 남겨 두어야 한다고요.

캐럴 힐 부인의 편지 / 노바스코샤, 콜드브룩, 1994

1학년에 들어갔는데, 학교에 가니 아이들이 나를 놀리더라고요. 그저 ABC를 배우려는 것뿐이었는데. 선생님께 아이들이 놀린다고 이야기했어요. 석판에 글씨를 써서 상도 받았어요. 1센트를 받은 건데, 다른 아이들이 울었죠! 그 돈으로 큰 막대 사탕을 샀어요. 열 살이 되어서부터는 일을 했죠. 아침저녁으로 소 다섯 마리의 젖을 짰어요. 그 당시만 해도 아이들은 모두 일을 해야 했어요. 그때는 연금 같은 것도 없었고요.

에버릿 루이스 / CBC <텔레스코프>, 1965

» Winter

표면이 평평하기만 하면, 모드는 집 안에 있는 모든 물건에 꽃과 나비를 그려 넣었어요.
(심지어 요리할 때 사용하는 검은 스토브에도 그림을 그렸고요.) 우리에게 들어와서 차를
마시고 가라고 했지만, 에버릿이 원래 집 정리를 잘하는 사람은 아니었기 때문에
의자마다 책과 옷, 페인트 통이 놓여 있어서 앉을 만한 곳이 없었어요. 우리는 모드와 잠시
이야기를 나눴어요. 모드는 이제 더 이상 외출할 수 없기 때문에 여러 해 전 밖에 나갔을
때의 기억에 의지해 그림을 그린다고 했어요.

캐럴 힐 부인의 편지 / 1994

» Winter

에버릿은 우리 가족과 함께 머무르면서, 우리가 가진 작은 농장에서 나무를 자르거나 가축을 돌보는 일 등을 했어요. 당시 아버지는 제재소를 서너 개 소유하고 있었는데, 에버릿은 우리 아버지가 소를 한 쌍 사면, 자기가 숲에 가서 나무를 제재소로 운반해 주겠다고 했어요. 에버릿은 그 일을 한두 해 정도 했습니다.

휴 디키의 인터뷰 / 노바스코샤, 딕비, 1997

나는 같은 내용을 반복해서 그려요. 절대 바꾸지 않아요. 같은 색들이고, 같은
디자인들이죠. 내 그림을 제외하면, 다른 그림을 베끼는 일은 많지 않아요. 특별히 어디를
가는 일도 없어요. 소에 눈썹을 그려 넣는데, 그렇게 하면 더 진짜 소처럼 보이거든요.

모드 루이스 / CBC <텔레스코프>, 1965

맺는말 | 모드 루이스를 추억하며

몇 해 전, 나는 내가 제작한 연극 〈모드 루이스—그림자 없는 세상Maud Lewis-World Without Shadows〉의 초연 수익을 모드의 오두막집 복원 비용으로 기부했다. 이제 그 집은 핼리팩스의 바닷가 가까운 곳에 자리한 노바스코샤 아트 갤러리에서 볼 수 있다. 이 책의 저자 인세는 지난 몇 년 전부터 노바스코샤 예술대학의 모드 루이스 장학금으로 사용되고 있다. 현재까지 야머스와 딕비 출신의 젊은이 세 명이 그 장학금의 도움을 받았다. 나는 이 자리를 빌려 이 책을 재출간 하기로 결정한 님버스 출판사에 감사를 표하고 싶다. 앞으로도 좋은 일들이 이어지기를 바란다.

모드의 밝은 그림과 그녀의 작품 세계를 이해하는 데 도움이 되는 밥 브룩스의 사진이 담긴 이 책을 다시 볼 수 있게 된 것은 기쁘면서도 쓸쓸한 일이다. 1965년에 토론토의 〈스타 위클리〉가 밥에게 모드의 집을 방문해서 사진을 찍어 오게 했던 일은 우리에게 얼마나 큰 행운인지 모른다. 그 덕분에 우리는 내가 살았던 딕비의 읍내와 시골, 밥 브룩스가 살았던 야머스의 읍내와 시골의 모습을 모드와 밥의 눈을 통해서 볼 수 있다. 모드와 밥,

두 사람 모두 세상을 떠나고 없는 지금, 나는 그들이 우리에게 얼마나 소중한 것을 남겼는지 다시 한 번 생각하게 된다. 그들이 남긴 유산은 계속 살아 있을 것이다. 이 책을 읽으며 놀라워할 독자 여러분에게 감사드린다. ✸

2018년 노바스코샤에서

랜스 울러버

도서출판 남해의봄날 _ 봄날이 사랑한 작가 08

글과 그림, 사진과 음악 등 그들만의 언어로 세상을 밝게 비추는 사람들이
있습니다. 숨겨진 작품들 혹은 빛나는 이야기를 가졌지만
세상에 잘 알려지지 않은 작가들의 이야기를 다양한 시선으로 소개합니다.

모드의 계절

초판 1쇄 펴낸날 2018년 12월 25일
2판 3쇄 펴낸날 2023년 7월 15일

글	랜스 올러버
사진	밥 브룩스
그림	모드 루이스
번역	박상현
편집인	천혜란책임편집, 박소희
교정교열	김정래
마케팅	황지영, 이다석
디자인	류지혜
종이와 인쇄	미래상상

펴낸이	정은영편집인
펴낸곳	(주)남해의봄날
	경상남도 통영시 봉수로 64-5
	전화 055-646-0512
	팩스 055-646-0513
	이메일 books@namhaebomnal.com
	페이스북 /namhaebomnal
	인스타그램 @namhaebomnal
	블로그 blog.naver.com/namhaebomnal
ISBN	979-11-85823-81-2 03840

남해의봄날에서 펴낸 예순두 번째 책을 구입해 주시고, 읽어 주신 독자 여러분께 감사의 마음을 전합니다.
파본이나 잘못 만들어진 책은 구입하신 곳에서 교환해 드리며 책을 읽은 후 소감이나 의견을 보내 주시면
소중히 받고, 새기겠습니다. 고맙습니다.